咖啡与茶
朋友圈系列

但丁走进了屈原的朋友圈

⊙蕤宾 编著

茫茫宇宙中，有一个不为人知的地方。
那里有无数的信号器闪烁如银河浩瀚。
在这条信号编织的星海背后，
藏有你从未见过的虚拟线上交际中枢，
它只存在于那些最最隐秘的传说中，
我们叫它做——超时空朋友圈。

值得一走的时空之旅

咖啡，陪伴着多少西方大师畅想著书；清茶，陪伴着多少中国大师冥思立说。一东一西相距万里，前前后后时隔数千年，大师们彼此未曾谋面，但当他们跨越时空来到一起，绝妙的精神裂变瞬间爆发！那些莫名的意识巧合、揪心的情感抒发、睿智的观念冲撞、销魂的词藻往来……将沉眠于固态的心灵彻底融化！智慧荡漾于星际之间，情感振颤于地轴两端。来吧，放下尘世的万般纠结，去走一趟大师级的时空跨越之旅……

——底　谓

目　录

朋友圈个人信息

屈原

名平，字原。

出生于约公元前340年的中国丹阳（今湖北省宜昌市秭归县）。

战国著名诗人。

出生贵族家庭，被流放于荒僻的南方。

公元前278年，自沉于汨罗江。

《离骚》、《九章》、《九歌》、《天问》。

“金玉相质，百世无匹。”
“惊采绝艳，难与并能。”

但丁

阿利盖利·但丁。

出生于公元1265年的意大利佛罗伦萨。

意大利最伟大的诗人之一。

出生于没落的城市贵族家庭，被反对派流放。

公元1321年客死他乡。

《神曲》、《新生》、《论俗语》、《飨宴》。

“他是中世纪的最后一位诗人，同时又是新时代的最初一位诗人。”

幽昧

Secluded ignorant

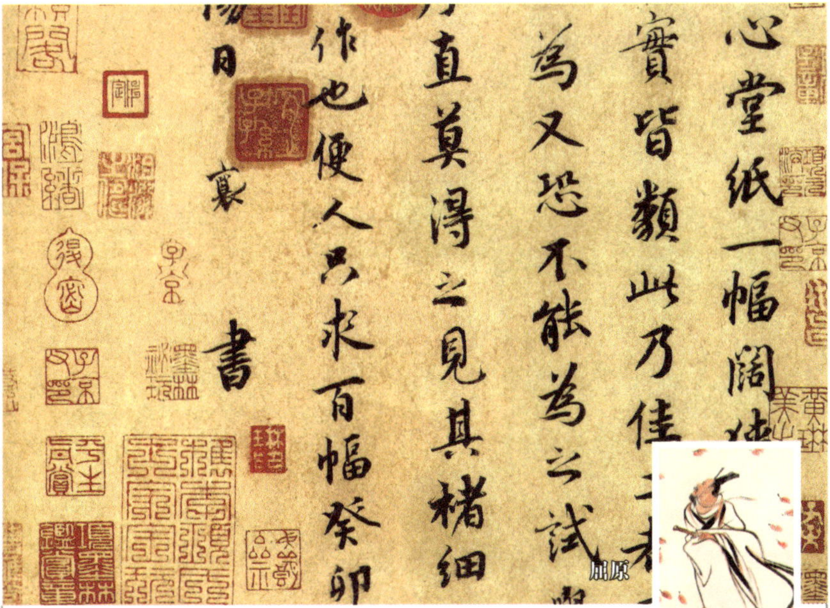

屈原

离骚

彼尧舜之耿介兮，既遵道而得路；
何桀纣之猖披兮，夫唯捷径以窘步！
惟夫党人之偷乐兮，路幽昧以险隘。
岂余身之惮殃兮，恐皇舆之败绩。
忽奔走以先后兮，及前王之踵武。
荃不察余之中情兮，反信谗而齌怒。

战国楚 春 删除

[汉]司马迁

屈平正道直行，竭忠尽智以事其君，谗人间之，可谓穷矣。（《离骚传》）

[南朝梁]萧统

楚人屈原，含忠履洁。君匪从流，臣进逆耳，深思远虑，遂放湘南。耿介之意既伤，壹郁之怀靡愬。（《文选序》）

（意大利）但丁

我朋友推荐我加屈原先生好友的。另贵国也有白党和黑党么？？

[汉]刘向

我道是谁人竟不识得屈原先生，原来是外国友人。那就让我先为你介绍一下屈原先生吧。

先生为楚国同姓大夫，有博通之知，清洁之行，怀王用之。……秦国患之，使张仪之楚，货楚贵臣上官大夫靳尚之属，上及令尹子兰、司马子椒；内赂夫人郑袖，共谮屈原。屈原遂放于外。（《新序·节士》）

[战国]子兰

躺枪。

[战国]郑袖

➶膝盖好痛。

[战国]靳尚
受伤的总是我！╭(╯^╰)╮

（意大利）但丁
所以屈原先生是被楼上几位陷害，又遇到了猪一样的领导才被放逐的么？

朋友圈小助手
楼上这种总结地很到位的感觉来自哪里？……

（意大利）但丁
遇到亲人了。其实……我也被流放了。/(ToT)/~~

就在我们人生旅途的中途，
我在一座昏暗的森林之中醒悟过来，
因为我在里面迷失了正确的道路。
唉！要说出那是一片如何荒凉、如何崎岖、
如何原始的森林地是多难的一件事呀，
我一想起它心中又会惊惧！
……

有一头“豹”，轻巧而又十分矫捷，
身上披着斑斓的皮毛。
它不从我面前走开；
却那么地挡住我的去路，
我几次想要转身折回。

那是在拂晓时分，
太阳正和那些星辰一起上升，

当"神爱"最初使这些美丽的事物运行时
它们是和太阳在一起的：

因而一天中的这个时辰，
一年中的这个温和的季节，
都使我对克服这皮毛斑斓的野兽
怀着极大的希望；可是并不，
我却因为看到
一头出现在我面前的"狮子"而惊惧。

他直挺着头，带着剧烈的饿火，
似乎要向我身上扑来；
甚至空气也似乎因此而震惊；
还有一头"母狼"，她的瘦削
愈显得她有无边的欲望。

（《神曲·地狱》）

求点赞。

[汉]刘向

一^一摔！这首诗从哪里可以看出你被流放啦？果然我是看不懂歪果仁（外国人）写的诗么？！

（意大利）薄伽丘

楼上淡定。作为神圣但丁团的团长，（此处略去一万字）让我来解释一下这首诗……深……刻……的含义。
我们佛罗伦萨有白党和黑党两个党派，伟大的但丁加入

了白党。白党失利后，他被流放。

富人的贪婪和穷人的嫉妒如同诗中的野兽一样撕咬着他的心灵。ε(┬┬﹏┬┬)3

[战国]屈原

路漫漫其修远兮，吾将上下而求索。(《离骚》)<(￣ˇ￣)/

（意大利）但丁

世界那么大，我想去看看，同去同去。ヾ(≧▽≦*)o

朋友圈小助手

带……好……干……粮……(((´(　ﾟ∀ﾟ　)`)))不送。

双子座

Gemini

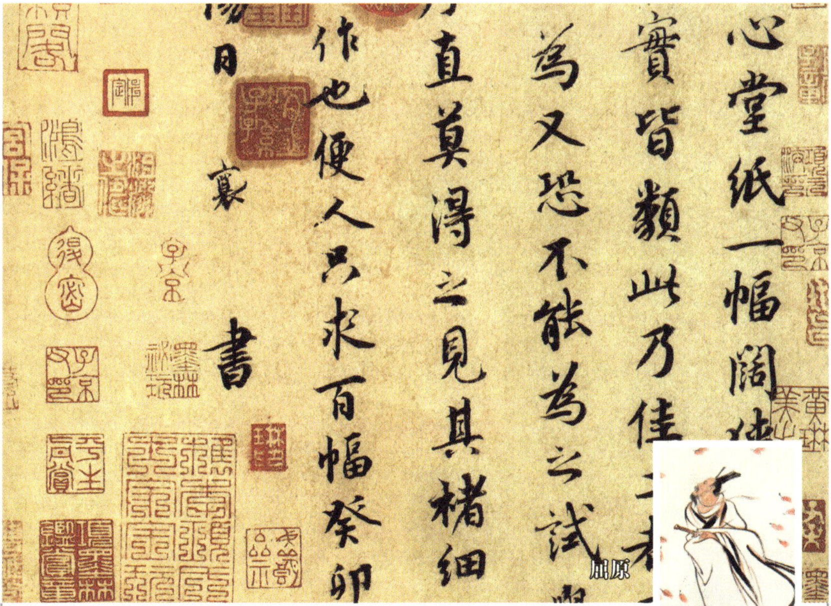

屈原

离骚

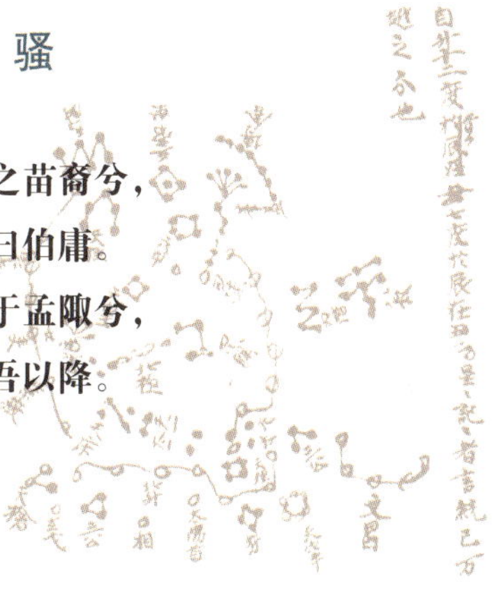

帝高阳之苗裔兮，
朕皇考曰伯庸。
摄提贞于孟陬兮，
惟庚寅吾以降。

战国楚 屈原

（意大利）但丁

“摄提”是什么，可以吃吗？φ(｀∇´)φ

[汉]王逸

太岁在寅曰：“摄提格。”（《楚辞章句》）

[宋]朱熹

非也，非也，“摄提”是星名，即刘向所言“摄提失方，孟陬无纪”。

（意大利）但丁

根本……听……不……懂……

[战国]靳尚

这么说吧，王逸认为“摄提”是“摄提格”的省称，当木星处于丑位时，太岁即位于寅位，这一年就被称为“摄提格”。朱熹则认为“摄提”是星名，在二十四星宿中属亢宿，共六颗。

（意大利）但丁

六颗？双数！那就是双子座啦，我也是代表着光荣与梦想的双子座呢。<(￣ˇ￣)/

光荣的星辰啊，哦孕育着

巨大力量的光啊，从你们那里我获得

我所有的天才，不论是怎样的天才；

当初，我刚生下，第一次呼吸
多斯加纳空气的时候，一切生命之父
正和你们一起上升，一起降落；

后来，等到我承蒙了天上的恩惠，
登上那使你们转动的崇高天轮，
我被派定要经过你们的境界。

如今我虔诚地把我的灵魂
奉献给你们，为了要得到力量
走完那吸引我的灵魂的艰难路程。
……

当我跟那永恒的双子星一起转动时，
使我们变得那么凶恶的打谷场（地球），
从山脉到河口，全部显在我面前；
于是我又回眼望那美丽的眼睛。

（《神曲·天堂》）

[战国]靳尚

(✗-✗*)“那就是双子座”是什么意思？虽然“摄提”有六颗星，是双数，但是跟双子座根本不是一回事好吧！

（俄罗斯）梅列日科夫斯基

在天上，双子座的两颗星星是彼此对立的同貌者；而在人间，在但丁自己的心中，也出现了同样的“二”——信仰与智慧；他的灵魂就在这二者之间一分为二。
大家好，我是神圣但丁团的副团长。(◡‿◡✿)

朋友圈小助手

知音体重现江湖！但丁，你的脑残粉来了。还有，我不得不说，一（jing）分(shen)为(fen)二(lie)什么的，真的很适合你。

（德）浮士德

就像我一样。
我的胸中，唉，住着两个灵魂。它们总想分道扬镳。
一个怀着粗鄙的爱欲，固执地以它的卷须攀附着现世；
另一个则拼命地想要脱离世俗，一心飞往崇高的先祖们居住的崇高灵境。（《浮士德》）

（俄罗斯）梅列日科夫斯基

在我们那个时代，聪颖的星象家都非常清楚，一个人如果在双子座的光芒照耀下出生的话，他命中注定会拥有渊博的智慧哒。(○ㅍ◡ㅍ)

[战国]靳尚

渊博的智慧吗？我怎么总觉得外国人说话怪怪的……
(⊙_⊙；)

[战国]屈原

这么说来，我应当也是双子座。

朋友圈小助手

虽说屈原先生您确实有渊博的智慧，东方的美德不是也要谦虚一下的么？

[战国]屈原

（ ¬ ¬ ）众女嫉余之娥眉兮，谣诼谓余以善淫！（《离骚》）

朋友圈小助手

┬﹏┬好受伤……

（意大利）但丁

屈原先生，不要理凡人，让我们一起跟着命运之星前进，到达那荣耀的归宿吧！(*￣3￣)╭

《诸神之怒》剧情截图

嘉名

Good reputation

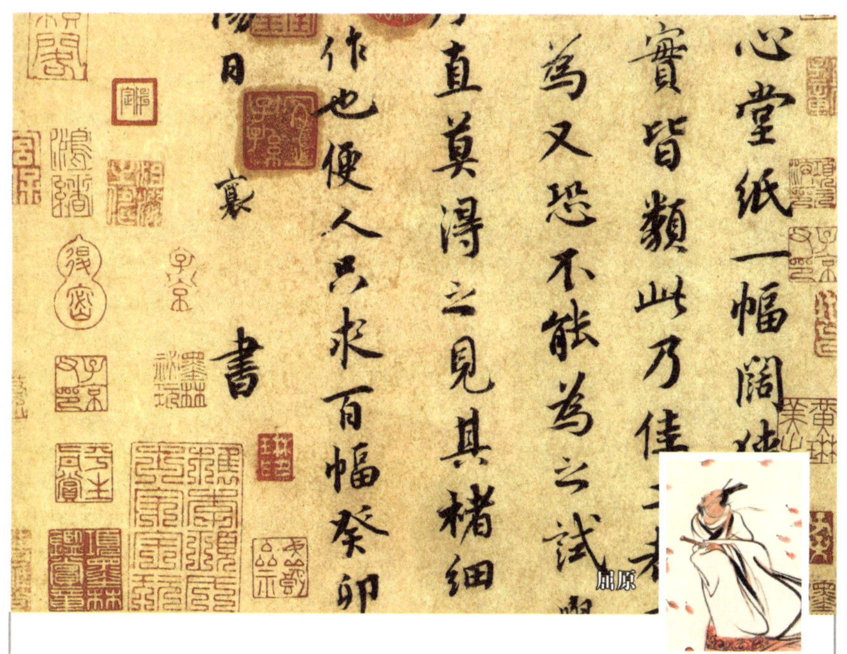

离骚

皇览揆余初度兮，肇锡余以嘉名：
名余曰正则兮，字余曰灵均。
纷吾既有此内美兮，又重之以修能。
扈江离与辟芷兮，纫秋兰以为佩。

战国楚 春 删除

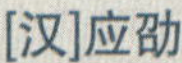

[汉]应劭

平正司法者，莫过于天；养物均调者，莫过于地也。父伯庸名我（屈原）为平以法天，字我为原以法地也。（《屈平名释》）

（意大利）但丁

霸气侧漏！(ง•_•)ง

[战国]靳尚

所以我失败的人生都源于我的名字吗？我想静静。

静静

我跟你失败的名字有半毛钱关系么？！怒摔！！

┻━┻︵╰(`□′)╯︵┻━┻

朋友圈小助手

“靳”是吝惜，“尚”是高尚，连在一起就是……缺德！果然很适合靳尚你呀！

（意大利）但丁

幸好我们外国人的姓都很长，感谢我的祖先。我曾在火星天里见到过我伟大的高祖卡嘉归达。他告诉我：

那古代的城墙内，佛罗伦萨的人民
曾过着清静和贞洁的和平生活，
如今依旧在那里听到晨祷和午祷钟声。
……

马利亚应我母亲分娩时的祈召，
使我诞生在爱国的公民中间，
过着那么安静，那么美好的生活，
生在那么忠心的的城里，那么温暖的家里；
于是在你们古老的洗礼堂里，
我同时成为基督徒和卡嘉归达家的人。

我追随在康拉特皇帝左右，
我的英勇行为使我受到他的
极大的恩宠，他封我为他的骑士。
我在他的军旅里向那邪恶的“宗教”
进军，追随这宗教的民族由于
牧师的过错，篡夺了你们的合法权益。

在那里我受到那卑鄙民族的毒害，
离开了诡诈变幻的人间，
为了迷恋于它，不少人因此堕落，
我殉道以后就来到这幸福和平之境。

（《神曲·天堂》）

（意大利）卡嘉归达

哦，我的枝叶呀，在盼望你时，我的心中就感到喜欢，我是你的根。（《神曲·天堂》）

（意大利）但丁

你们是我的祖先，你们给了我十足的信心说话，你们提举我，使我远远超过自己。(๑•̀ㅂ•́)و✧（《神曲·天堂》）

[战国]靳尚

为什么外国人都走煽情风……|(*′口`)所以你的名字是你高祖所取？

（意大利）但丁

其实并不……(￣_,￣)我的母亲在我出生的那一天做了一个奇特的梦。她梦到自己躺在一颗高大的月桂树（Daphne）下，生下了一个可爱的男孩，男孩吃了月桂树上掉下的浆果后瞬间长成了一个牧羊人。所以，就叫我“但丁（Dante）”。

[上古]伏羲

我妈踩到巨人脚印，然后生了我……

[上古]后稷

同上……楼下保持队形。

[上古]尧

我妈遇到龙，然后生下了我……

[上古]颛顼

我妈梦到长虹，然后生了我……

[春秋]李耳

我妈吃了梨子，然后生了我……

[夏]禹

我爸生了我……

[战国]靳尚

这是影分身术吗？◐▽◑你们明明长一样！

朋友圈小助手

恭喜大禹在此次的“最离谱出生故事”比赛中凭借绝对的优势取得了冠军！

[战国]屈原

所以但丁先生你的名字是因为月桂树而来？

[战国]靳尚

楼都歪成这样了还能接的下去，不愧是机智的屈原先生！(๑•̀ㅂ•́)و✧

（意大利）薄伽丘

其实月桂树在我们国家还有深刻的意义，为了纪念因为拒绝太阳神阿波罗的追求而变成月桂树的达芙妮，我们把月桂树的叶子做成桂冠，为诗人加冕。<(￣ˇ￣)/

[战国]屈原

原来如此。

朋友圈小助手

所以那个梦境是预示着但丁会成为一名伟大的诗人喽！果然伟人都有一个被神眷顾的母亲，对了，或者父亲。

[战国]靳尚

神不爱我妈妈！ T T~~T T

《诸神之战》剧情截图

窈窕

Beauty

屈原

九歌·山鬼

若有人兮山之阿，被薜荔兮带女罗。
既含睇兮又宜笑，子慕予兮善窈窕，
乘赤豹兮从文狸，辛夷车兮结桂旗。
被石兰兮带杜衡，折芳馨兮遗所思。
……
怨公子兮怅忘归，君思我兮不得闲。
……
雷填填兮雨冥冥，猨啾啾兮狖夜鸣。
风飒飒兮木萧萧，思公子兮徒离忧。

战国楚 秋 删除

[唐]沈亚之

尝游沅、湘，俗好祀，必作乐歌以乐神，辞甚俚。（《屈原外传》）

[明]汪瑗

山鬼者，固楚人之所得祀也。但屈子作此，亦借此题以写己之意耳，无关于祀事也。（《楚辞集解》）

[宋]朱熹

此篇借山鬼自喻，言其被服之芳者，自明其志行之洁也；言其容色之美者，自见其才能之高也；子慕予之善窈窕者，言怀王之始珍己也。（《楚辞集注》）

（意大利）但丁

山鬼……是鬼吗？o((⊙﹏⊙))o.

[战国]靳尚

这……山鬼是山间的女神，这首诗讲的是美丽而多情的山鬼小姐等待心上人，心上人却没有出现的故事。我很好奇，究竟什么样的男子可以拒绝女神？（￣。。￣）

（意大利）但丁

原来是情诗，写得也太含蓄了吧！女孩子会喜欢吗？！来看看我写的情诗：

在我出生之后，
“光的天空”在它的位置上
来回运转了9次，
正在此时，那占据我的思想的少女
第一次在我的面前出现了。

那日，她穿着一身粉色衣裳，优雅迷人。
衣带和其他装饰都和她那小小的
年纪十分相配。

她就是我心灵上的“璀璨的少女”，
很多人不晓得她的真名而称她为
“俾德丽采”。

在那一瞬间，
潜藏在我内心深处的精灵
开始激烈地震颤，
连身上最小的脉管
也可怕地悸动起来。
……

我说了，这就是我的上帝，
她要来主宰我的生命了。

（《新生》）

[战国]屈原

总角之宴，言笑晏晏。（《诗经·卫风·氓》）

《诸神之战》剧情截图

[战国]靳尚

喂，这是诅咒吧！我没记错的话，结局是：当年山盟又海誓，哪料反目竟成仇。我送但丁先生一首和诗好了：鸟儿轻轻唱，落在河洲上。美丽俏姑娘，青年好对象。|(*′口`)

（意大利）薄伽丘

不愧是但丁先生呢，9岁的时候就已经遇到命定的女神了！<(￣^￣)>

（意大利）但丁

是的，从我在这人间第一次看见她的那天，……我一直以我的歌曲紧紧追随她美丽的容颜，从不间断。（《神曲·天堂》）

朋友圈小助手

没听说你娶女神啊？(⊙_⊙)

（意大利）洁玛·多纳迪

小丘，好久不见，我们来谈谈心吧。

（意大利）薄伽丘

祝夫人和先生仙福永享，寿与天齐。啊，信号不好，先下啦！ Bye bye.

朋友圈小助手

我刚问了度娘，但丁先生你老婆不是女神啊。人呢？楼上是谁，这冷场的速度赶上我了！

[战国]屈原

据我所知，洁玛·多纳迪正是但丁的妻子。(>▽<)

[战国]靳尚

妻子？！那上面又是“一直”，又是“紧紧追随”的，这是闹哪样？！我这样的好男人不明白啊！

朋友圈小助手

Bye~Bye~了您，不知道有个词叫“YY”么？

嫉妒

Jealousy

屈原

离骚

众皆竞进以贪婪兮，凭不厌乎求索。
羌内恕己以量人兮，各兴心而嫉妒。
……
众女嫉余之娥眉兮；谣诼谓余以善淫。
固时俗之工巧兮，偭规矩而改错。
背绳墨以追曲兮，竞周容以为度。
……
民好恶其不同兮，惟此党人其独异。
户服艾以盈要兮，谓幽兰其不可佩。

战国楚 春 删除

[汉]王充
屈平洁白，邑犬群吠，吠所怪也；非俊疑杰、固康泰也。伟士坐以俊杰之才，招致群吠之声。(《论衡·累害》)

[五代]肖振
噫，楚怀失道，远君子而近小人，靳尚谗言，兴浮云而蔽白日。(《重修三闾庙记》)

[战国]靳尚
受伤的总是我。〒▽〒

(意大利)但丁
我一直好奇你到底做错了什么?

[战国]靳尚
我只是把张仪介绍给了大王。(~￣(OO)￣)ブ

[战国]张仪
楚王那么呆萌，人家忍不住戏弄了他一下嘛！在他眼中，我可是比黔中那一大片土地还要重要哦！(￣° ︶ ͡°)

(意大利)但丁
这种红颜祸水的既视感来自哪里……

哦，下流而卑贱的人们，
你们掠夺孤儿寡母，
为的是大吃大喝。
……
为了华贵的衣服和金碧辉煌的宫殿。
……
你们是否认为这是慷慨?
不，这无异于盗窃神坛上的帷幕，
款待宾客时拿它充当餐桌上的桌布。
……
认为他们对你们的盗窃一无所知。

（《飨宴》）

[战国]靳尚

这么严重的指责！血槽已空。我只是为了走上人生巅峰嘛！我平时也是好人好不好！

（意大利）福莱斯·多那迪

我了解你，阿利盖利的儿子。你和你爸爸是一样的货色：和他一样，是一个最可耻的胆小鬼。（《诗句集》）

（意大利）但丁

我的父亲的确是一名银钱商，可是我30岁左右就负债累累啦。(○Ⅱ◡Ⅱ)还是借的高利贷噢！

（俄罗斯）梅列日科夫斯基

我可以证明。1297年4月11日，但丁借277个金佛罗伦；12

月23日，借280个金佛罗；1300年5月14日，借125个金佛罗……

(意大利)但丁

也不用记这么详细吧！这也不是什么光荣的事情啊！

朋友圈小助手

可是但丁先生你前面的骄傲脸又是什么意思啊？！┻━┻︵╰(‵□′)╯︵┻━┻

(俄罗斯)梅列日科夫斯基

我们神圣但丁团的保险柜里有您当初的借条哦，上面还有您的亲笔签名呢！欢迎过来参观！

(意大利)但丁

别傻了，我是不会去的！╮(╯▽╰)╭别想骗我去还钱！还命也不行！

[战国]屈原

有借有还，再借不难。(>▽<)

[战国]靳尚

算了吧，当初我只是想借一下你拟的法令都不肯，在这装大方！

[战国]屈原

哥屋恩……

《诸神之战》剧情截图

中情

Inner feelings

离骚

鲧婞直以亡身兮，终然殀乎羽之野。
汝何博謇而好修兮，纷独有此姱节。
薋菉葹以盈室兮，判独离而不服。
众不可户说兮，孰云察余之中情？
世并举而好朋兮，夫何茕独而不予听？

战国楚 春 删除

[汉]王逸

女媭，屈原姊也。（《楚辞章句》）

[北魏]郦道元

屈原有贤姊，闻原放逐，亦来归，喻令自宽全。乡人冀其见从，因名姊归。（《水经注》）

（意大利）但丁

我看出来了，你姐姐在吐槽你。<(ˉ^ˉ)>

[战国]屈原

你看错了，赶紧下线去看眼科吧。

（意大利）但丁

我还看出来你的姐姐很温柔，就像我的俾德丽采一样。

[战国]屈原

你的眼神果然不好。不过，说起来，她的凶残和暴力只会施加在我一个人身上。好痛……

（意大利）但丁

你的灵魂是为懦怯的恐惧所袭击，
这种恐惧时常阻碍人们，
使他们从光荣的事业折回；
如同幻影对于一只受惊的野兽一样。

为着使你解除这个疑惧，
我要告诉你我为什么来，
在我对你初生怜悯时听到了什么。
我是在悬而未决者的中间；
有一个圣女叫唤我，
她是那么美丽而蒙福，
我请她吩咐。

她的眼睛比群星还更光辉；
她以天使般的声音对我（维吉尔）
轻柔而温和地说出她的言语：

彬彬有礼的孟都亚的幽魂啊，
你的声名仍旧留在人间，
而且要同岁月一起长存！

我的朋友，不为命运所宠幸，
在他的荒崖的路途上受到了阻挠，
他因恐惧而转身回去；

据我在天上听到的关于他的消息，
他已经那么地深入迷途，
我起身去援救他或许太迟了。

你去吧，用你的优美的言辞，
用对他的得救必要的方法
去帮助他，我就此也可以安心了。

（《神曲·地狱》）

看，俾德丽采是多么的温柔善良！维吉尔告诉我，当我迷失在幽昧的森林中的时候，是她请求维吉尔去解救我的。o(T^To)

（意大利）薄伽丘

哦，感谢女神！(*￣3￣)╭

朋友圈小助手

你们不担心夫人找你们谈话么？

（意大利）薄伽丘

怕什么，事实就是女神解救了但丁先生嘛！好男人，人人爱。

（俄罗斯）梅列日科夫斯基

别害怕，彼埃特罗和贾克波带夫人旅游去了。听说那里没有wifi。你懂的。

朋友圈小助手

趁夫人不在，我问个直接点的问题，你到底是爱你老婆还是爱女神？ ↫(￣﹃￣↫)

（意大利）但丁

她们一个是我尘世的妻子，一个是我天国的爱人。

朋友圈小助手

你小心，这两句话是渣男标配！

（俄罗斯）梅列日科夫斯基

夫人自先生流放就跟他分居啦，女神也居住在天国，平时也见不到的。

（意大利）但丁

你被开除出神圣但丁团了，慢走，不送。(ﾟДﾟ)つBye

朋友圈小助手

搞了半天，还真是YY，上帝果然是公平的。(￣_,￣)

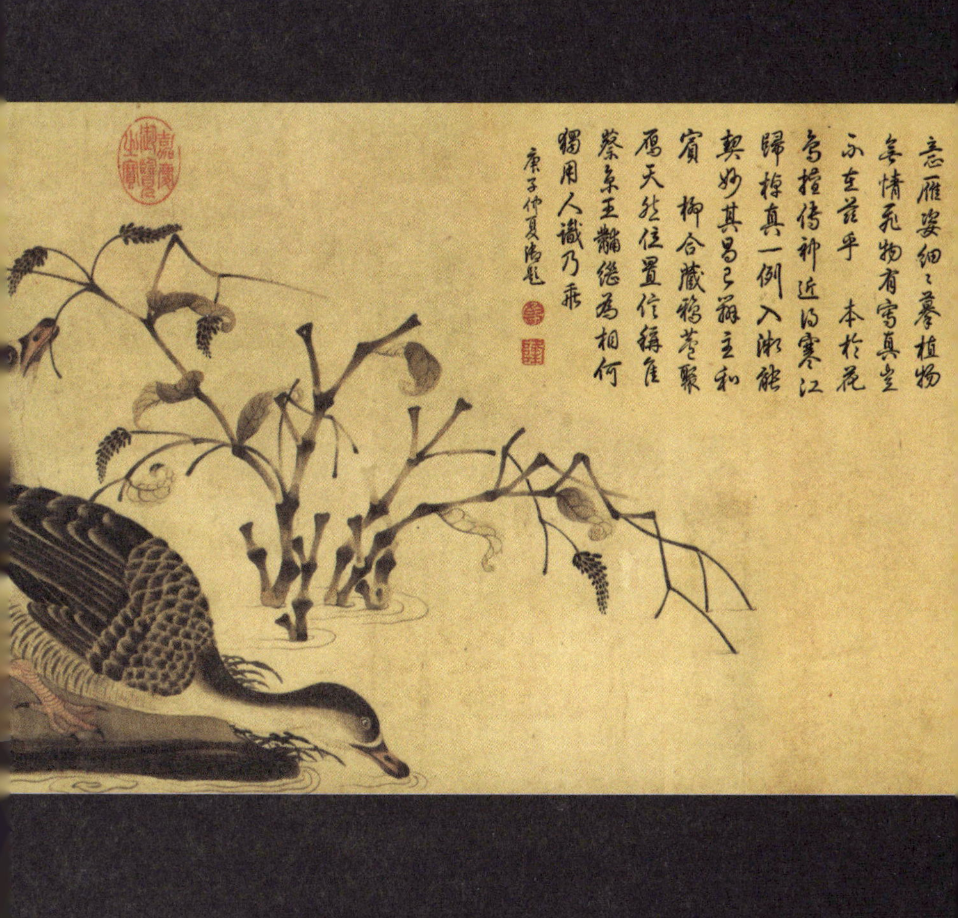

自纵

Arbitrary

离 骚

启九辩与九歌兮，夏康娱以自纵；
不顾难以图后兮，五子用失乎家巷。
羿淫游以佚畋兮，又好射夫封狐；
固乱流其鲜终兮，浞又贪夫厥家。
浇身被服强圉兮，纵欲而不忍；
日康娱以自忘兮，厥首用夫颠陨。
夏桀之常违兮，乃遂焉而逢殃。
后辛之菹醢兮，殷宗用而不长。

战国楚 春 删除

[汉]王逸

太康不遵禹、启之乐，而更作淫声，放纵情欲，以自娱乐，不顾患难，不谋后世，卒以失国，兄弟五人，家居间巷，失尊位也。后羿为诸侯，荒淫游戏……以亡其国也。（《楚辞章句》）

（意大利）但丁

是射日的那个后羿吗？他的结局怎样？

[春秋]左丘明

昔有夏之方衰，后羿自鉏迁于穷石，因夏民以代夏政。恃其射也，不修民事，而淫于原兽。

浞行媚于内，而施赂于外，愚弄其民……羿犹不悛，将归自田，家众杀而烹之以食其子。其子不忍食诸，死于穷门。（《左传·襄公四年》）。

[战国]靳尚

简单地说就是——后羿差点被他儿子吃了。

（意大利）但丁

o((⊙﹏⊙))o. 口味太重了，让我吐一会儿。不过，我倒也认识几位这样的君主。

有一个精灵坐得最高，看他模样
仿佛把他应办的事丢下不办，

在别人歌唱时嘴唇一动也不动，
这精灵是卢多尔夫皇帝，他本可以
治好那致意大利于死命的创伤，
却让他人给他为时已晚的救助。

那看来像在安慰他的另一精灵，
曾统治过那个国土，那里发源的水，
摩尔道河带到易北河，易北河带到大海：
他的名字是俄托卡，他在襁褓中时
远胜他生须的儿子文塞斯劳斯，
色欲和怠惰把这儿子完全毁了。

那生着扁鼻的一个，仿佛正在
和一个容颜慈祥的人细细商量，
他逃亡时身亡，玷辱了那百合花：
看他在那里怎样捶击着胸膛。

且看那另一个，他正在唉声叹气，
把他的脸颊靠在他的手掌上。
他们是“法兰西罪人”的父亲和岳父：
他们知道他的邪恶腐烂的生活，
因此他们感到那样不胜痛苦。

（《神曲·炼狱》）

朋友圈小助手

哇，一个皇帝五个国王，走过路过不要错过，快来围观。

（意大利）薄伽丘

卢多尔夫武艺高强，作战英勇，德意志人和意大利人都畏惧他，假如他当时南下的话，意大利一定可以接受他的统治，结束内战。但是他把精力都花在巩固自己在德国的统治，错失了收复意大利的机会。╮(╯▽╰)╭

朋友圈小助手

感谢楼上科普。

[战国]屈原

鼠目寸光。(*￣︿￣)

(意大利)但丁

我曾给他的儿子，尊敬的亨利七世写信，告诫他，佛罗伦萨对他构成了最大的威胁，只有把它打的稀巴烂，胜利才能属于他所有。

[战国]靳尚

你请一位德国国王攻击你的家乡佛罗伦萨？(⊙＿⊙)比起你，我更应该被原谅吧？！

(意大利)但丁

只有佛罗伦萨被攻陷了我才可以回去。(T⌓T)/~~~

朋友圈小助手

楼上可以组个“引狼入室”二人组，你们的战斗力爆表了！

(意大利)薄伽丘

亨利七世试图进入罗马举行加冕称帝仪式，遭到了那不

勒斯王的抵抗，损失惨重。加冕之后进攻佛罗伦萨，在进行了三年的艰苦的征战后……被人毒死了。(|||¬ω¬)

朋友圈小助手

真是一个悲伤的故事。T▽T

[战国]屈原

熊槐被骗到秦国，后来病死了。

朋友圈小助手

在这种事情上就不要攀比了好嘛！o((⊙﹏⊙))o.

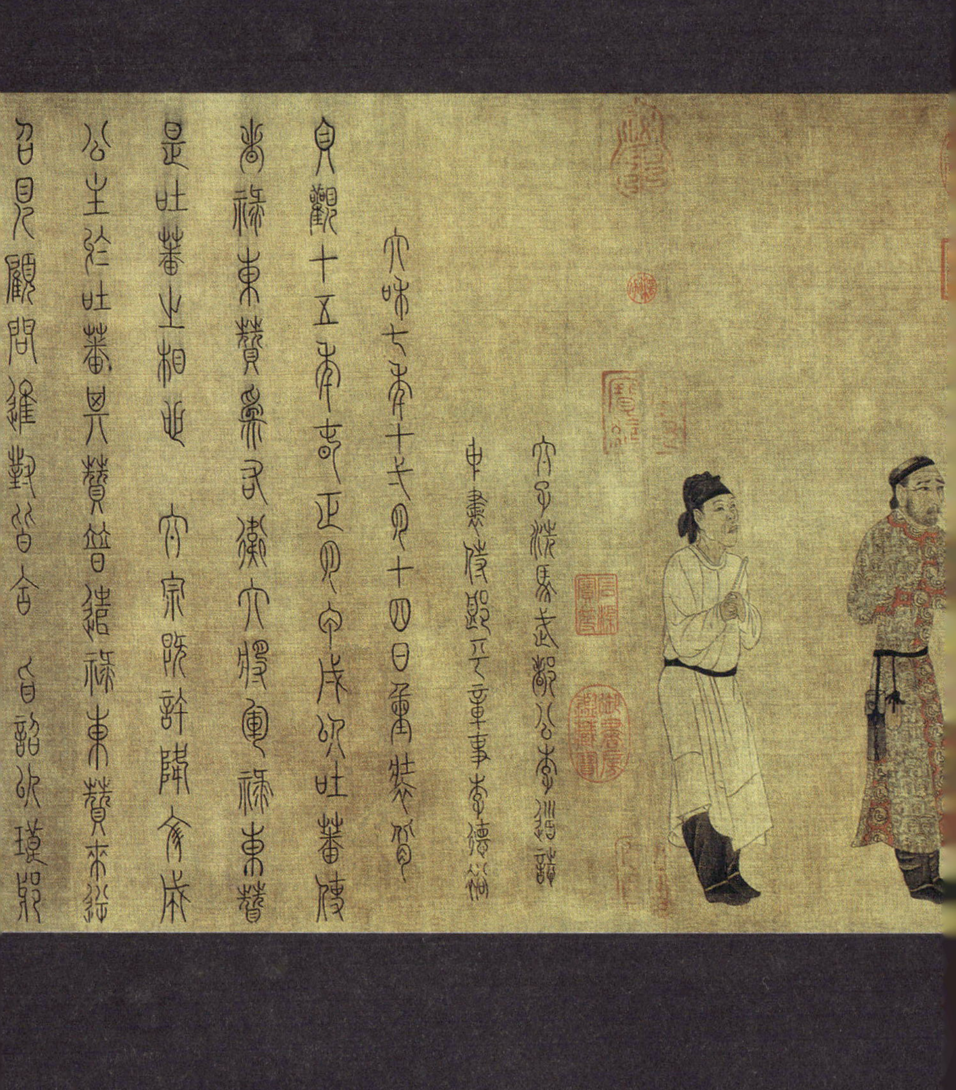
中書侍郎平章事李德裕
大和七年十一月十四日重裝背
貞觀十五年春正月甲戌以吐蕃使
者祿東贊爲右衛大將軍祿東贊
是吐蕃之相也 太宗既許降文成
公主于吐蕃其贊普遣祿東贊來逆
召見顧問進對皆合 旨詔以琅邪

步輦圖

流亡
Exile

屈原

九章·哀郢

皇天之不纯命兮，何百姓之震愆。
民离散而相失兮，方仲春而东迁。
去故乡而就远兮，遵江夏以流亡。
出国门而轸怀兮，甲之鼂吾以行。
发郢都而去闾兮，怊荒忽其焉极？
楫齐扬以容与兮，哀见君而不再得。

战国楚 冬 删除

[宋]洪兴祖

此章言己虽被放，心在楚国，徘徊而不忍去，蔽于谗谄，思见君而不得。故太史公读《哀郢》而悲其志也。（《楚辞补注》）

[明]汪瑗

此郢乃指江陵之郢，顷襄王时事也。秦于顷襄王二十一年大败楚军，获得郢城，……悲故都之云亡，伤主上之败辱，而感己去终古之所居，遭谗妒之永废。（《楚辞集解》）

（意大利）但丁

这真是一首悲伤的诗，它让我想起了我的佛罗伦萨。

宛如大海之于鱼儿，
世界之于我们就是祖国……
然而，虽然我们因为对祖国的爱
而承担着不公正的放逐……
但是，最终对我们来说，
整个世界上，
比佛罗伦萨更可爱的地方
再也没有了。

（《论俗语》）

我那可怜的、可怜的祖国啊！
每当我读到或写作有关

治理国家大事时，
我的心就承受着
怎样的煎熬啊！

（《飨宴》）

[战国]靳尚

骗人的吧，你不是说要让亨利七世把佛罗伦萨砸个稀巴烂的嘛！(/▽╲)

（俄罗斯）梅列日科夫斯基

￣︿￣你这样的叛国者是不会了解但丁先生对佛罗伦萨的复杂感情的！

[战国]靳尚

又是双子座分裂的那一套吧！

（俄罗斯）梅列日科夫斯基

当然……是！！(๑•̀ㅂ•́)و✧星座可以解释一切！离开佛罗伦萨，但丁先生就像一条无帆无舵的船，漂流于大海之中，永远不能停靠在故乡温暖的怀抱中，然而，对家乡恨得越深，爱得也就越深。……他的灵魂在爱与恨之间一分为二。

[战国]靳尚

最爱知音体了，你也来当我的发言人吧，也许我也是双子座呢！

（意大利）马基雅维利

我们这个城市，好像无论从哪个方面都看不出来她的伟

《诸神之怒》剧情截图

大，除了争斗之外，……这种争斗可能会使其他任何伟大而强大的城市毁灭得荡然无存，可是，却唯独我们这个城市在斗争中成长起来了。市民们有强大的精神力量和对祖国的无限热爱。（《佛罗伦萨史》）

[战国]靳尚

听的我也有点爱佛罗伦萨了呢！

朋友圈小助手

先生，你的爱是有毁灭性的，请慎用。

[战国]屈原

鸟飞反故乡兮，狐死必首丘。信非吾罪而弃逐兮，何日夜而忘之。（《九章·哀郢》）

[清]纳兰性德

山一程，水一程，身向榆关那畔行，夜深千帐灯。风一更，雪一更，聒碎乡心梦不成，故园无此声。（《长相思》）

[唐]元稹

满眼伤心冬景和，一山红树寺边多。仲宣无限思乡泪，漳水东流碧玉波。（《远望》）

（意大利）但丁

祖国从未对我表示怜爱，可我哪怕死了也会宽恕它。

T~T…

何去何从

Where to go

屈原

卜居

宁廉洁正直以自清乎?
将突梯滑稽、如脂如韦以洁楹乎?
宁昂昂若千里之驹乎?
将氾氾若水中之凫，与波上下，偷以全吾躯乎?
宁与骐骥亢轭乎? 将随驽马之迹乎?
宁与黄鹄比翼乎? 将与鸡鹜争食乎?
此孰吉孰凶? 何去何从?
世溷浊而不清!
蝉翼为重，千钧为轻;
黄钟毁弃，瓦釜雷鸣;
谗人高张，贤士无名。
吁嗟默默兮，谁知吾之廉贞?

战国楚 夏 删除

[汉]王逸

屈原履忠贞之性，而见嫉妒。念谗佞之臣，承君顺非，而蒙富贵。

己执忠直而身放弃，心迷意惑，不知所为。

乃往至太卜之家，稽问神明，决之蓍龟，卜己居世何所宜行，冀闻异策，以定嫌疑。（《楚辞章句》）

[宋]朱熹

非也。

屈原哀悯当世之人习安邪佞，违背正直，故阳为不知二者之是非可否，而将假蓍龟以决之。遂为此词，发其取舍之端，以警世俗。

说者乃谓原实未能无疑于此，而始将问诸卜人，则亦误矣。（《楚辞集注》）

[唐]白居易

赠君一法决狐疑，不用钻龟与祝蓍。试玉要烧三日满，辨材须待七年期。

周公恐惧流言日，王莽谦恭未篡时。向使当初身便死，一生真伪复谁知。（《放言五首·其三》）

[清]王夫之

王逸谓其心迷意惑，不知所为，冀闻异策，其愚甚矣。（《楚辞通释》）

朋友圈小助手

学术讨论可以提出不同意见，不要开启人身攻击模式！ ㄟ(￣, ￣)ㄏ

（意大利）但丁

是传说中大补的人参攻击吗？请冲着我来！

朋友圈小助手

你开启的是吃货模式吧！

（意大利）但丁

有的选择很难做，有的却很简单，因为我们是智慧的双子座。(◡‿◡✿)

你们在信中对我说，只要我按照佛罗伦萨如今颁布的关于返回故乡的法令缴纳规定的罚款，我就可以得到赦免，返回故乡。

……

这个建议叫人好笑！

……

阿利盖利·但丁在被放逐十五年之后难道就应该这样返回自己的祖国吗？他的罪行是人所共知的，可是他的劳动却是在汗流满面的情况下无尽无休的，难道就获得这样的报酬吗？不，懂得什么是智慧的男子汉大丈夫不能受这样的屈辱。

……

他不能接受自己的侮辱者的恩典，不能把他们当作自己的恩人。

……

假如我只能通过这种途径返回佛罗伦萨，那么，我永远都不回去。由他去吧，难道我不能到处看到太阳和星辰吗？难道在天底下我不在佛罗伦萨市民面前遭受耻辱，就不能看见最甜蜜的真理吗？况且我在任何地方都能找到一口饭吃。

（《书信集》）

[战国]靳尚

我要被你弄晕了，如果我没有记错的话，你眼中的佛罗伦萨不是世界上最可爱的地方吗？

（意大利）但丁

你知道他们的要求有多么的苛刻吗？！

┻━┻︵╰(`□′)╯︵┻━┻

[战国]屈原

愿闻其详。

（意大利）但丁

为什么大家都是一副看好戏的样子……(⊙_⊙;)

他们让我参加忏悔游行，而且头上必须戴着象征耻辱的帽子。

那是只有异教徒、巫师和其他亵渎上帝的人在被焚烧的时候才会被带上的帽子！

[战国]屈原

是可忍孰不可忍。

（意大利）但丁

那还没完，还要一路上赤着脚、捧着点燃的蜡烛走进圣约翰教堂。

我无法忍受这种耻辱！我永远都不会重返佛罗伦萨！

Nunquam Florentiam introibo!

朋友圈小助手

前面吵着砸烂佛罗伦萨嘤嘤哭着要回家的，说永远不会责怪家乡的可爱小朋友又是哪一个？！(*￣︿￣)

《诸神之战》剧情截图

鬼雄

Male ghost

屈原

九歌·国殇

操吴戈兮披犀甲，车错毂兮短兵接。
旌蔽日兮敌若云，矢交坠兮士争先。
凌余阵兮躐余行，左骖殪兮右刃伤。
霾两轮兮絷四马，援玉枹兮击鸣鼓。
天时坠兮威灵怒，严杀尽兮弃原野。
出不入兮往不反，平原忽兮路超远。
带长剑兮挟秦弓，首虽离兮心不惩。
诚既勇兮又以武，终刚强兮不可凌。
身既死兮神以灵，子魂魄兮为鬼雄。

战国楚 冬 删除

[宋]洪兴祖

（国殇）谓死于国事者。《小尔雅》曰：“无主之鬼谓之殇。”（《楚辞补注》）

[明]汪瑗

此曰国殇者，谓死于国事者，固人君之所当祭者也。后世乐府有《从军行》，其或仿于此乎？（《楚辞集解》）

[唐]李白

从军玉门道，逐虏金微山。笛奏梅花曲，刀开明月环。鼓声鸣海上，兵气拥云间。愿斩单于首，长驱静铁关。（《从军行·其一》）

朋友圈小助手

膜拜诗仙。(ↄ' ̀ㅂ́)ↄ

[唐]李白

再来一首？

百战沙场碎铁衣，城南已合数重围。突营射杀呼延将，独领残兵千骑归。（《从军行·其二》）

朋友圈小助手

好激动，我是诗仙粉，请帮我签个名。o(*≧▽≦)ツ

(意大利)但丁

说起战斗英雄，我也曾在地狱见过，雅克布·卢斯蒂库奇就给我介绍过两位：

假使这流沙漫漫的地方的惨状，和我们
血迹模糊的面貌叫人瞧不起我们
和我们的恳求，那末希望我们的声名
足以使你愿意告诉我们你是谁，
你这样安稳地用活人的脚走过地狱。

你看到的我踏着他的脚印的那个人，
虽然赤裸着而且被剥了皮，
却是比你所相信的更为显贵。

良善的瓜尔特来达的孙子，
他的名字是归多·该拉；在生前
他以谏议和宝剑做了好多事情。

那在我后面践踏砂地的另一个
是提琪亥俄·阿尔杜勃朗第，
他的声名在人间应令人感谢的。

而我，放在他一起受到苦刑的，
是若珂玻·卢斯提克琪；当然，
我的凶横的老婆比什么都伤害我。

（《神曲·炼狱》）

[宋]苏轼

凶悍？请看右边→→

龙丘居士亦可怜，谈空说有夜不眠；忽闻河东狮子吼，拄杖落手心茫然。（《寄吴德仁兼简陈季常》）

[宋]朱彧

不过尔尔。看右边→→

沈括不能制，时被棰骂，捽须堕地，儿女号泣而拾之，须上有血肉者，又相与号恸，张(沈妻)终不恕。（《萍洲可谈》）

[战国]靳尚

歪楼啦，这么个严肃的主题也能歪成这样，能不能尊重一下这几位外国的骑士啊！

（意大利）薄伽丘

对呢，归多·该拉伯爵英勇善战，曾经率领佛罗伦萨贵尔弗军把吉伯林党逐出阿雷佐。提琪亥俄·阿尔杜勃朗第是聪明的骑士，作战英勇，很有权威。卢斯提克琪先生可是佛罗伦萨政府赫赫有名的外交官呢！

[战国]靳尚

所以，他真的怕老婆？

[战国]屈原

楼上真相了。

（意大利）若珂玻·卢斯提克琪

你们这些无知的人，这不是怕，是尊重！

[宋]陈季常

这不是怕，是爱！

[宋]沈括

这不是怕，是珍惜！

朋友圈小助手

我信你们就有鬼了，还是做只单身汪比较安全。<(¯ˆ¯)>

ARCANGELI

天命

Destiny

屈原

天 问

泥娶纯狐，眩妻爰谋。何羿之射革，而交吞揆之？
……
舜服厥弟，终然为害。何肆犬豕，而厥身不危败？
……
眩弟并淫，危害厥兄；何变化以作诈，而后嗣逢长？
……
天命反侧，何罚何佑？齐桓九会，卒然身杀。
彼王纣之躬，孰使乱惑？何恶辅弼，谗谄是服？
比干何逆，而抑沈之？雷开何顺，而赐封之？
何圣人之一德，卒其异方？梅伯受醢，箕子佯狂。
……
吾告堵敖，以不长。何试上自予，忠名弥彰？

战国楚 秋 删除

[汉]王逸

何不言问天？天尊不可问，故曰天问也。……楚人哀惜屈原，因共论述，故其文义不次序云尔。（《楚辞章句》）

[唐]沈亚之

见楚先王庙及公卿祠堂，图画天地山川神灵，琦玮僪佹，与古圣贤怪物行事，因书其壁，呵而问之，时天惨地愁，白昼如夜者三日。（《屈原外传》）

（意大利）但丁

好多问题……这些问题连海尔兄弟都回答不了吧！

朋友圈小助手

你错了，屈先生才提了一百七十多个问题，海尔兄弟可是有两百多集呢！（￣_,￣ ）

（意大利）但丁

一百七？！O, dio mio! 我也好想问上帝一些问题。

上帝啊，什么时候我才能欢喜地，
看到您隐藏在深思熟虑中的复仇，
爆发出来以消除您神圣的愤怒？

（《神曲·炼狱》）

哦，美好的开端啊，
却是多么耻辱的结局啊！

上帝的愤怒啊，您为何不发作？

（《神曲·天堂》）

朋友圈小助手

发作上帝的愤怒？！喂，喂，超人、蜘蛛侠、孙悟空、金刚葫芦娃吗？你们快来拯救地球！

（意大利）薄伽丘

住手啊，这只是一个夸张的说法而已啦！

[唐]李白

飞流直下三千尺，疑是银河落九天。（《望庐山瀑布》）白发三千丈，缘愁似个长。（《秋浦歌》）桃花潭水深千尺，不及汪伦送我情。（《赠汪伦》）

朋友圈小助手

汪伦？！我好像知道了点什么！（⊙_⊙）

[唐]杜甫

浮云终日行，游子久不至。三夜频梦君，情亲见君意。告归常局促，苦道来不易。江湖多风波，舟楫恐失坠。出门搔白首，若负平生志。冠盖满京华，斯人独憔悴。孰云网恢恢，将老身反累。千秋万岁名，寂寞身后事。（《梦李白二首·其二》）

朋友圈小助手

梦李白？！我知道的太多了！

《浮士德》剧情截图

（意大利）薄伽丘

抱歉，我不是英国人，听不懂你们的对话呢！ᕕ(ᐛ)ᕗ让我们还是接着讨论“夸张”吧。不愧是诗仙，我说的就是这种夸张。善良的人过着屈辱的生活，用尊严换面包，而人间的邪恶却未曾获得丝毫报复，难道屈先生问的不是这些问题吗？

[战国]屈原

正是，知我者薄伽丘先生也。另外，小杜，我们来谈谈，老地方。

（意大利）但丁

俾德丽采对我说，假如我能听懂天使的喊叫，我就能在死前知道上天对我的审判。

[战国]靳尚

但愿我能听懂，算了，还是别听懂吧。(｡﹏｡)

佳期

Good days

屈原

九歌·湘夫人

帝子降兮北渚，目眇眇兮愁予。
嫋嫋兮秋风，洞庭波兮木叶下。
登白薠兮骋望，与佳期兮夕张。
鸟何萃兮蘋中？罾何为兮木上？
沅有茝兮澧有兰，思公子兮未敢言。
荒忽兮远望，观流水兮潺湲。
麋何食兮庭中？蛟何为兮水裔？
朝驰余马兮江皋，夕济兮西澨。
闻佳人兮召予，将腾驾兮偕逝。

战国楚 秋 删除

[汉]王逸

帝子，谓尧女也。降，下也。……言尧二女仪德美好，眇然绝异，又配帝舜，而乃没命水中。（《楚辞章句》）

[东晋]罗含

舜之二妃，死为湘水神，故曰湘妃。（《湘中记》）

（意大利）但丁

秋天到了，屈先生又写情诗了么？这次写的是美丽的山鬼小姐与不知名公子的故事吗？

朋友圈小助手

非也。这首诗讲的是舜帝和他的两位妃子娥皇和女英的故事。

（意大利）但丁

贵国的爱情故事总是很含蓄。我认识一对恋人，他们之间的爱如同炽热的火焰，焚烧一切。

> 我（弗兰采斯加）诞生的城市，是坐落在
> 波河与它的支流一起
> 灌注下去休息的大海的岸上。
> 爱，在温柔的心中一触即发的爱，
> 以我现在被剥夺了美好的躯体
> 迷惑了他（保禄）；那样儿至今还是我痛苦。

爱，不许任何受到爱的人不爱，
这样强烈地使我欢喜他，以致
像你看到的，就是现在他也离不开我。
爱使我们同归于死；
该隐狱在等待那个残害我们生命的人。
……

有一天，为了消遣，我们阅读
兰塞罗特怎样为爱所掳获的故事；
我们只有两个人，没有什么猜疑。
有几次这阅读使我们眼光相遇，
又使我们的脸儿变了颜色；
但把我们征服的却仅仅是一瞬间。

当我们读到那么样的一个情人
怎样地和那亲切的微笑着的嘴接吻时，
那从此再不会和我分开的他
全身发抖地亲了我的嘴。

（《神曲·地狱》）

（俄罗斯）梅列日科夫斯基

我听说过这对有名的恋人。弗兰采斯加因为政治原因嫁给了保禄的哥哥，婚后她却和保禄相爱了。在他们的爱情被他哥哥发现后，保禄被杀死在弗兰采斯加的怀中。

[战国]靳尚

所以说“男女七岁不同席”嘛。你们外国人就是不懂得避嫌才会总是发生乱七八糟的事情。

[战国]屈原

手如柔荑，肤如凝脂，领如蝤蛴，齿如瓠犀，螓首蛾眉，巧笑倩兮，美目盼兮。(《诗经·卫风·硕人》)

(意大利)但丁

是的，弗兰采斯加也是一位美女，而我也见过保禄，他年轻、英俊，是一位高贵的骑士。

爱情与高贵的心，本是同根生，相依为命。(《新生》)对于相爱的人来说，这样的爱情也是神圣而高贵的。我怜悯他们。

(意大利)弗兰采斯加

我们的爱遭到了世人谴责，却得到了您的谅解，是因为您和我们一样，都是这样爱的吧？

(意大利)但丁

是的，我热切地恋着她。
但愿和可爱的人分开，不要让那永不熄灭的悲痛之火，把我的躯体燃烧成灰。(《诗句集》)

朋友圈小助手

遇到了爱情这个主题，大家都不能好好说话了！爱情这种事情，说也说不清楚。作为单身汪，这是我对爱情最深刻的理解。(*￣︿￣)

逍 遥

Free

九歌·湘夫人

筑室兮水中，葺之兮荷盖。
荪壁兮紫坛，播芳椒兮成堂。
桂栋兮兰橑，辛夷楣兮药房。
罔薜荔兮为帷，擗蕙櫋兮既张。
白玉兮为镇，疏石兰兮为芳。
芷葺兮荷屋，缭之兮杜衡。
合百草兮实庭，建芳馨兮庑门。
九嶷缤兮并迎，灵之来兮如云。
捐余袂兮江中，遗余褋兮澧浦；
搴汀洲兮杜若，将以遗兮远者。
时不可兮骤得，聊逍遥兮容与！

战国楚 秋 删除

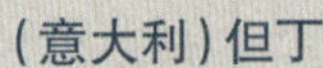

（意大利）但丁

抢个沙发太不容易了，所以这是《湘夫人》的结局吗？

[战国]靳尚

是啊，湘君没有见到湘夫人，心中十分失望，把湘夫人赠送给他的配囊抛到江心，把湘夫人亲手给他缝制的衣服摔在了澧水滨。这么任性，我欣赏！(*￣3￣)╭

[宋]陆游

红酥手，黄縢酒，满城春色宫墙柳；东风恶，欢情薄，一怀愁绪，几年离索，错、错、错。（《钗头凤》）

（意大利）但丁

我也觉得他错了。关于失恋，湘君还是太年轻了啊！失恋的正确打开方式应该是这样的：

我在脑海里啊，
常常想寻找最甜蜜的诗歌，
但我最后终于放弃了。
这并不是我失去了信心，
而是因为女神的举止，
冷漠傲慢，使我无法
找到恰当的话语，
来表达我的爱情。

我认为应当继续等待，
因此我放弃了以前
歌颂爱情的甜言蜜语。
而是谈论勇敢与威武，
这才是正人君子应当拥有的
第一美德。

（《诗句集》）

（意大利）但丁

在女神需要空间的时候，做一枚安静的蓝颜知己。(*╯3╰)

[战国]靳尚

你这么自说自话，你女神她答应了吗？

（意大利）但丁

在这时刻，恳求你别让我失望，女神，我的这颗心爱你爱得是那样深，它在期待你的援助。

朋友圈小助手

坐等女神。

[战国]靳尚

坐等最美女神+10086。

赫拉

谁叫我？

阿佛洛狄忒

我来了。

雅典娜

约架?

朋友圈小助手

救命啊，帕里斯快来! o((⊙﹏⊙))o.

湘君

关于失恋，我的经验肯定比不上楼上诸位，而且我根本……没有失恋! 我的两位妻子十分爱我，就酱，再见。(。≁_≁)/~~~

[战国]靳尚

好硬的嘴! ㄟ(￣, ￣)ㄏ

朋友圈小助手

尊贵的湘君殿下，外国友人的中文不太灵光，请您原谅他的冒犯。

(意大利)但丁

让我背黑锅，我谢谢你了……￣へ￣

掩涕

Crying

离骚

皇天无私阿兮，览民德焉错辅；
夫维圣哲以茂行兮，苟得用此下土。
瞻前而顾后兮，相观民之计极：
夫孰非义而可用兮，孰非善而可服？
阽余身而危死兮，览余初其犹未悔。
不量凿而正枘兮，固前修以菹醢。
曾歔欷余郁邑兮，哀朕时之不当。
揽茹蕙以掩涕兮，霑余襟之浪浪。

战国楚 春 删除

[唐]沈亚之

屈原瘦细美髯，丰神朗秀。长九尺，好奇服，冠切云之冠。性洁，一日三濯缨。事怀、襄间，蒙谗负讥，遂放而耕。吟《离骚》，倚耒号泣于天。(《屈原外传》)

[汉]王逸

言己自伤放在草泽，心悲泣下，霑濡我衣，浪浪而流，犹引取柔耎香草，以自掩拭，不以悲放失仁义之则也。(《楚辞章句》)

（意大利）但丁

贵国不是有句俗话说“男儿有泪不轻弹”么？

[宋]林冲

听我唱：

回首西山日影斜，天涯孤客真难度。丈夫有泪不轻弹，只因未到伤心处。（《林冲夜奔》）

（意大利）但丁

“只因未到伤心处”，这实在是说到我的心里去了。在我的俾德丽采去世的那段时间里，我每天都悲痛得无法自已。

我为我的生命哭泣，因为
你去世了，亲爱的，

我爱你胜过爱自己。
因为你，我才始终怀着回乡的希冀，
只有在那里，我才会有乐趣。

如今，我再也无法得到安慰，
任何事都没有这样让我感到压抑。

唉，死神是多么地残酷而可恶，
它剥夺了我甜美的希望，
幸福与快乐，我再也无法重见！

只有那位高尚美艳而又尊贵的女郎，
才能赐予我这种神奇的力量。
我被剥夺了这种权利，
这让我多么痛苦，
我可从来没有这么悲戚和忧伤。

我住在遥远的地方，
我活着永远也无法健康，
现在她已去世，我也不会再回归，
我灰心绝望，终日憔悴不已。

（《诗句集》）

（意大利）但丁

亲爱的俾德丽采，在她25岁的时候，听从上帝的召唤去了那光荣的国度。在她去世后，我害了一场大病。我感到太阳失去了光芒，星星流着眼泪，而大地则一直颤抖。我在梦中哭泣起来。（《新生》）

[唐]元稹

曾经沧海难为水，除却巫山不是云。取次花丛懒回顾，半缘修道半缘君。（《离思》）

[宋]苏轼

夜来幽梦忽还乡，小轩窗，正梳妆。相顾无言，唯有泪千行。（《江城子》）

[宋]贺铸

原上草，露初晞，旧栖新垅两依依。空床卧听南窗雨，谁复挑灯夜补衣。（《鹧鸪天》）

[战国]屈原

冬之夜，夏之日。百岁之后，归於其室！（《诗经·唐风·葛生》）

朋友圈小助手

读了这些诗词，感觉永远都不会开心了。T~T…

[战国]惠施

不是啊，上次我去参加庄周老婆的葬礼，他在高兴地唱歌呢……

朋友圈小助手

这……我等凡人还是再去哭一会儿吧……T▽T

乾隆御覽之寶
五福五代堂古稀天子寶

寿 夭

Life and death

屈原

九歌·大司命

广开兮天门，纷吾乘兮玄云。
令飘风兮先驱，使涷雨兮洒尘。
君迴翔兮以下，踰空桑兮从女。
纷总总兮九州，何寿夭兮在予。
……
乘龙兮辚辚，高驰兮冲天。
结桂枝兮延伫，羌愈思兮愁人！
愁人兮奈何，愿若今兮无亏。
固人命兮有当，孰离合兮可为？

战国楚 秋 删除

[唐]吕延济

司命，星明。主知生死，辅天行化，诛恶护善也。（《文选注》）

[清]王夫之

大司命统司人之生死，而少司命则司人之子嗣之有无，以其所司者婴稚，故曰少，大则统摄之辞也。……大司命、少司命。皆楚俗为之名而祀之。（《楚辞通释》）

（意大利）但丁

大司命是死神殿下吗？o((⊙﹏⊙))o

朋友圈小助手

是的，他是掌管人的寿夭的神，人类的生命受他的掌控和支配。

（意大利）但丁

我曾经到过地狱，至今还清楚地记得地狱之门上的文字：

从我，是进入悲惨之城的道路；
从我，是进入永恒的痛苦的道路；
从我，是走进永劫的人群的道路。

正义感动了我的"至高的造物主"；

“神圣的权利”，“至尊的智慧”，
以及“本初的爱”把我造成。
在我之前，没有创造的东西，
只有永恒的事物；而我永存：
你们走进这里的，把一切希望捐弃吧。

（《神曲·地狱》）

（意大利）但丁

这段写在地狱之门上的文字暗淡阴森，让我感到十分害怕。┌(。Д。)┐

[明]唐伯虎

生在阳间有散场,死归地府又何妨。阳间地府俱相似,只当漂流在它乡。（《临终诗》）

（古罗马）维吉尔

楼上真英雄！

处于这悲惨的命运中的，是那些人的凄凉的幽魂，他们在人世过了无毁无誉的一生。……这些幽魂没有死灭的希望，他们盲目的生命是那么卑鄙，凡是其他的命运他们都嫉妒。（《神曲·地狱》）

（意大利）但丁

除了这些人，我还见到了一些因为未领受洗礼而停留在地狱的伟大的灵魂。

他们中间有贺拉斯、奥维德、卢卡努斯这样的杰出诗人，也有亚里士多德、苏格拉底、柏拉图这样睿智的哲学家。

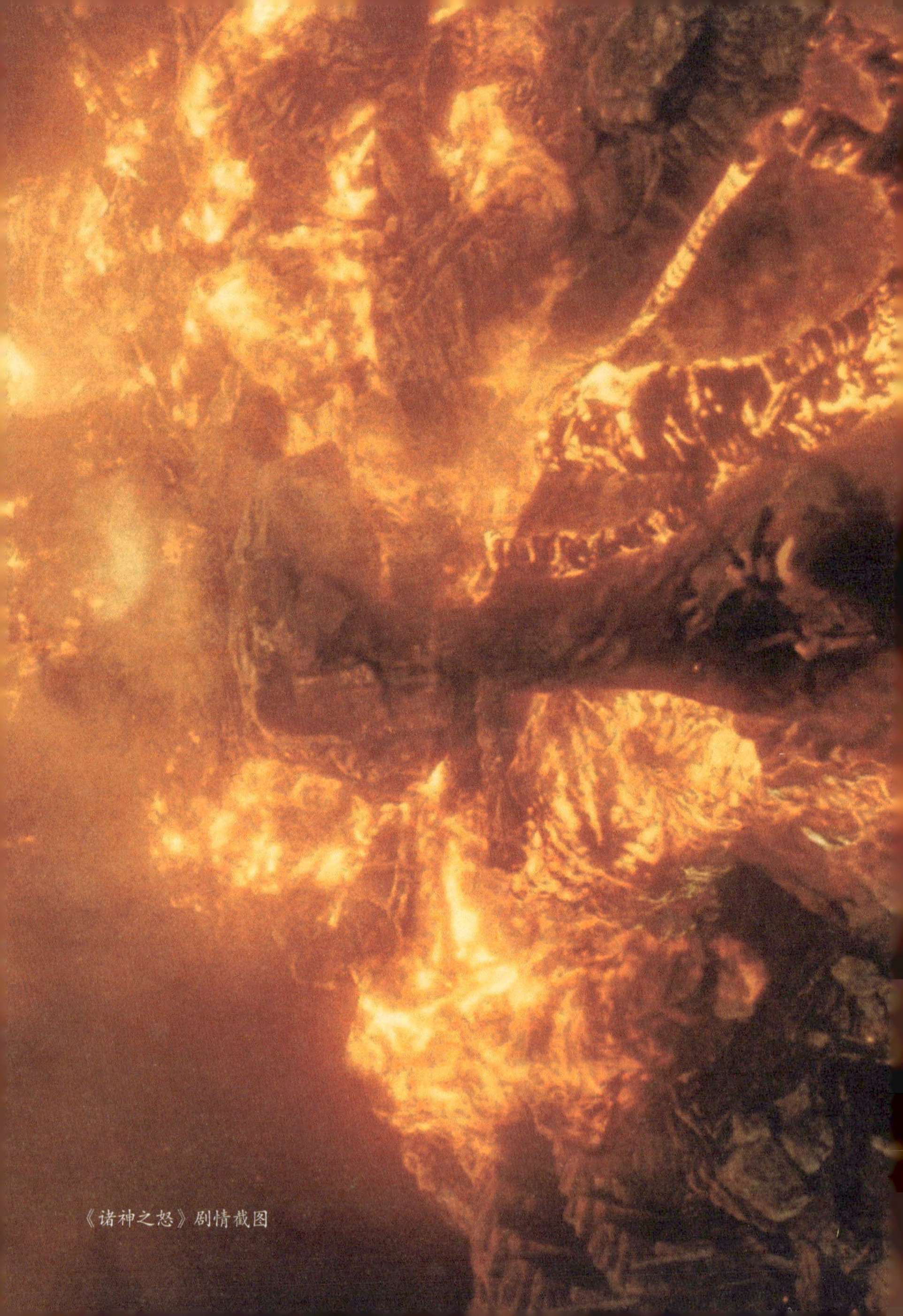

《诸神之怒》剧情截图

[战国]屈原

乘龙兮辚辚，高驼兮冲天。(《大司命》)

朋友圈小助手

乘龙逃出地狱？！没看过《霍比特人》啊！他们那边的龙是坏龙啊！

(古罗马)维吉尔

非常感谢楼上那位先生的怜悯，然而，那些伟人，包括我自己，都生在基督教以前。我们未曾以应该采取的方式崇拜上帝，也没有接受洗礼，因为这些，我们不能得救。不过，地狱中也有不错的风景，欢迎你们过来旅游。ヾ(' ∀`。)+

朋友圈小助手

不……不用……不用客气……。((⊙﹏⊙))。.

良媒

Match maker

屈原

九章·抽思

既惸独而不群兮，又无良媒在其侧；
道卓远而日忘兮，愿自申而不得。
望北山而流涕兮，临流水而太息！
望孟夏之短夜兮，何晦明之若岁？
惟郢路之辽远兮，魂一夕而九逝。
曾不知路之曲直兮，南指月与列星。
愿径逝而不得兮，魂识路之营营。
何灵魂之信直兮，人之心不与吾心同！
理弱而媒不通兮，尚不知吾之从容。

战国楚 秋 删除

[宋]洪兴祖

此章言己所以多忧者，以君信谀而自圣，眩于名实，昧于施报。己虽忠直，无所赴愬，故反复其词，以泄忧思也。（《楚辞补注》）

[明]汪瑗

其篇内大旨则因秋夜有感，述己思君念民、流离迁谪、梦归故乡之情之所作也。（《楚辞集解》）

（意大利）但丁

“不群”、“无良媒”？屈先生是孤独患者？

[战国]靳尚

孤独患者……什么鬼！他跟我们斗得那么欢乐，怎么可能孤独！

（意大利）但丁

没有知己就会孤独啊。我的朋友很多，但是知己不多，维吉尔就是其中重要的一位。

然而在我即将进入天堂的时候他却离开了我。o(╥﹏╥)o

他对我说：

> 儿啊，现在你已看过了
> 现世的火和永恒的火，也走到了
> 一个我无法再施展眼力的地方。

我已用智力和天恩把你带到这里；

此后让你自己的欢乐来引导你；
你已走出了险峻和狭隘的路。
看那照耀在你眉额上的阳光，
看这里的土地自己长出的
柔嫩的草，美丽的花，丛密的灌木。

看那双喜悦美丽的眼睛降临以前
（那双眼睛曾含泪我来救助你），
你可以坐下来，也可以随意走动。
你再不用期望我的言语或手势；
你的意志已经自由、正直和健全，
不照它的指示行动是一种错误；
我现在给你加上冠冕来自作主宰。

（《神曲·炼狱》）

维吉尔，我那最可敬可爱的父亲，维吉尔，我那引我追求幸福的导师！（《神曲·炼狱》）

[战国]屈原

维吉尔？那位居住在地狱的诗人？

（意大利）但丁

我可敬的父亲维吉尔是奥古斯都时代的古罗马诗人，他也是古罗马最伟大的诗人，没有之一。<(￣︶￣)>
他的作品有《牧歌集》、《农事诗》和最负盛名的《埃涅阿斯纪》。

[战国]靳尚

又抱大腿！(*￣︿￣)

（意大利）但丁

我的荣幸。作为我的心灵向导，在我迟疑的时候，他会告诫我：“你要屹立得像一座坚稳的塔，它的高顶在狂风中决不动摇心中的念头像潮涌一样的人，永远射不中目标，达不到目的，因一个念头抵消了另一个念头。”（《神曲·炼狱》）

朋友圈小助手

让你勇往直前！

（意大利）但丁

在我恐惧的时候，他安慰我：“你一定要相信，在这火焰的胎内，你即使住上足足一千年，你会看到你的头上也不会烧去一根毫发；……如今把一切畏惧抛掉吧，抛掉吧；向这里转过身来，安心向前来吧。”（《神曲·炼狱》）

朋友圈小助手

好大一碗心灵鸡汤……

[战国]屈原

那他为何未陪你游历天国？

（意大利）但丁

因为女神来接我了呀！ヾ(´∀`o)+

[战国]靳尚

鸡汤白熬了。小维，默默为你点支蜡……(｀▽′)ψ

但丁故居

扬其波

Wave

屈原

渔 父

屈原既放，游于江潭，行吟泽畔，颜色憔悴，形容枯槁。
渔父见而问之曰：“子非三闾大夫欤？何故至于斯？”
屈原曰：“举世皆浊我独清，众人皆醉我独醒，是以见放。”
渔父曰：“圣人不凝滞于物，而能与世推移。
世人皆浊，何不淈其泥而扬其波？
众人皆醉，何不餔其糟而歠其酾？
何故深思高举，自令放为？”

战国楚 秋 删除

[汉]王逸

屈原放逐，在江、湘之间，忧愁叹吟，仪容变易。而渔父避世隐身，钓鱼江滨，欣然自乐。时遇屈原川泽之域，怪而问之，遂相应答。（《楚辞章句》）

[宋]朱熹

渔父盖亦当时隐遁之士。（《楚辞集注》）

（意大利）但丁

(⊙o⊙)哦，能与屈先生交流，这位渔父必定是一位仙风道骨的智者！

[宋]苏轼

长恨此身非我有，何时忘却营营？夜阑风静縠纹平。小舟从此逝，江海寄余生。（《临江仙》）

[唐]岑参

竿头钓丝长丈余，鼓枻乘流无定居。世人那得识深意，此翁取适非取鱼。（《渔父》）

[元]白朴

黄芦岸白蘋渡口，绿柳堤红蓼滩头。虽无刎颈交，却有忘机友，点秋江白鹭沙鸥。傲杀人间万户侯，不识字烟波钓叟。（《沉醉东风·渔夫》）

朋友圈小助手

(*@o@*) 哇~楼上诸位笔下的渔父都是真贤士！好想与他们交个朋友啊！

（意大利）但丁

我可以给你介绍一位朋友，他的职业跟渔父差不多哦。

看啊！一个须眉皆白的老人，
驾着一只船向我们驶近，
大声叫道："该你们受罪，邪恶的鬼魂们啊！
不要再希望看到天堂：
我来把你们领到对岸；
领到永恒的黑暗；领到烈火和寒冰。

站在那里的你，你是活人，
快从那些死了的人那里离开。"
但是当他看到我不离开时，
他说道："你得从别的道路，别的渡口
过去，不能从这里过去：
必得有一只较轻的船渡你。"

（《神曲·地狱》）

[战国]靳尚

所以你那位跟渔父职业"差不多"的朋友是卡隆？！那个有一大堆兄弟的卡隆？！ε(゜Δ゜|||)ξ 小助手，自求多福吧！

（意大利）但丁

<(－︿－)>肤浅！与他那些凶残的兄弟不同，卡隆只是外表吓人，他很温柔的好嘛！

朋友圈小助手

吓人？！我……我可不害怕，把卡隆先生介绍给我吧，好歹去地狱旅游还可以省个门票钱！╰(*°▽°*)╯

[战国]靳尚

你必定是金牛座……

[战国]屈原

楼上为何对星座及西方神话如此熟悉？

[战国]靳尚

你终于发现我博学多才的一方面了？！(￣_,￣)想想但丁先生这样“一分为二”的人都可以上西方的天堂，我总得为我的将来考虑考虑，实在不行的话我还指望移民去西方呢，现在多了解了解西方的文化总没有坏处嘛！

（意大利）但丁

楼上提醒我了，卡隆先生是摩羯座哦，你们的星座好搭，肯定合得来的。哦，好激动，卡隆要有新朋友了呢，让我算一下，嗯……你是他的第二位朋友呢！

朋友圈小助手

好荣幸……我激动得腿都软了呢！不如把地狱犬也介绍给我吧，有了他们两位朋（bao）友(biao)，我可以开个人

间——地狱旅游专线了！走上人生巅峰，赢取白富美指日可待了呢！(@￣—￣@)

卡隆

终于找到新朋友了！跟我去地狱吧，我们可以一起看雪，看月亮，看星星，还可以谈人生，谈理想，从琴棋书画谈到诗词歌赋，从诗词歌赋谈到人生哲学……好幸福。

｡(*≧▽≦)ツ

[战国]靳尚

看看这个头像，温柔什么的一点说服力都没有好吧！小助手，希望还可以见到你。((ヽ(ﾟ∀ﾟ)ﾉ))不送。

清 白

Pure

屈原

离骚

忳郁邑余侘傺兮，吾独穷困乎此时也！
宁溘死以流亡兮，余不忍为此态也！
鸷鸟之不群兮，自前世而固然。
何方圜之能周兮，夫孰异道而相安！
屈心而抑志兮，忍尤而攘诟；
伏清白以死直兮，固前圣之所厚！

战国楚 秋 删除

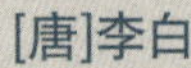

[唐]李白

昔者屈原既放，迁于湘流。心死旧楚，魂飞长楸。听江枫之嫋嫋，闻岭狖之啾啾。永埋骨于渌水，怨怀王之不收。（《拟恨赋》）

[唐]孟郊

秋入楚江水，独照汨罗魂。手把绿荷泣，意愁珠泪翻。九门不可入，一犬吠千门。（《楚怨》）

（意大利）但丁

屈先生又纠结啦？

有些事强求不来的，做人呢，最要紧就是要开心，渔父先生不是也让你要放下嘛！

[战国]靳尚

不要劝他了，他一直就是这样啊，每天散发负能量！

（意大利）但丁

要不我也给你介绍个朋友吧！

[战国]靳尚

所以你要转行开介绍所了吗？（|||¬ω¬）

（意大利）但丁

我是曼夫累德，君士坦士皇后的孙儿。
……

我在我的身体上受到了两下
致命的刀伤后，我就流着眼泪，
拜伏在宽恕罪人的上帝面前。
我犯下的罪孽是无比可怕的；
但“无限的善”是那么宽大为怀，
凡是投向他的怀抱的它都接受。
……

如今在那国境之外，弗特河边，
他吹灭了烛，把骨头迁到那里，
任它们受到雨的冲洗，风的吹打。

只要希望还有一丝儿绿意，
灵魂不会因为他们的诅咒沉沦得
“永恒的爱”不再为他们开放花朵。

（《神曲·炼狱》）

[战国]屈原

永恒的爱？难道我对楚国的爱还不够吗？

（意大利）但丁

不，不，不，在我们西方的说法里，如果你爱一个人超过了爱上帝，就会受到惩罚。也许就是因为你爱楚国超过了爱自己，才会遭受这样的折磨。

[唐]陆龟蒙

《天问》复《招魂》，无因彻帝阍。岂知千丽句，不敌一谗言。（《离骚》）

[战国]靳尚

怪我喽！要是凭我一个人的力量就可以颠覆一个国家的话，我早就走向人生巅峰了好嘛！

朋友圈小助手

刚陪卡隆遛地狱犬去了，这里的气氛怎么这么凝重？！

（意大利）但丁

母鸡啊……╮(￣，￣)╭你们东方人的心理我就不懂了，干嘛用别人的错误惩罚自己呢！心中充满对世界的爱就可以了嘛！结果有那么重要吗？豪放派诗人来一首！

[宋]苏轼

我来！

休对故人思故国，且将新火试新茶。诗酒趁年华。（《望江南·春未老》）

[唐]李白

我也有两句：

人生得意须尽欢，莫使金樽空对月。天生我材必有用，千金散尽还复来。（《将进酒》）

[宋]辛弃疾

了却君王天下事，赢得生前身后名。(《破阵子·为陈同甫赋壮词以寄》)(◡◡◡✿)

[战国]屈原

民生各有所乐兮，余独好修以为常；虽体解吾犹未变兮，岂余心之可惩！(《离骚》)

(意大利)但丁

这就对了，走自己的路，让别人说去吧！

上天

Heaven

屈原

远游

驾八龙之婉婉兮，载云旗之逶蛇。
建雄虹之采旄兮，五色杂而炫耀；
服偃蹇以低昂兮，骖连蜷以骄骜。
……
路漫漫其修远兮，徐弭节而高厉。
左雨师使径侍兮。右雷公而为卫。
欲度世以忘归兮，意恣睢以担挢。
内欣欣而自美兮，聊愉娱以自乐。

战国楚 夏 删除

[汉]王逸

屈原履方直之行，不容于世。……思欲济世，则意中愤然，文采铺发，遂叙妙思，托配仙人，与俱游戏，周历天地，无所不到，然犹怀念楚国，思慕旧故，忠信之笃，仁义之厚也。（《楚辞章句》）

[宋]朱熹

（屈原）思欲制炼形魂，排空御气，浮游八极，后天而终，以尽反复无穷之世变。虽曰寓言，然其所设王子（乔）之词，苟能充之，实长生久视之要诀也。（《楚辞集注》）

[唐]李白

我也去过！(๑' ㅂ`๑)

遥见仙人彩云里，手把芙蓉朝玉京。（《庐山谣寄卢侍御虚舟》）

[唐]王勃

还有我！(≧∀≦)ゞ

寤寐霄汉间，居然有灵对。翕尔登霞首，依然蹑云背。电策驱龙光，烟途俨鸾态。乘月披金帔，连星解琼佩。（《忽梦游仙》）

[三国]曹植

这种秀技能的事怎么能没有我！

上帝休西棂，群后集东厢。带我琼瑶佩，漱我沆瀣浆。踟

蹁玩灵芝，徙倚弄华芳。王子奉仙药，羡门进奇方。（《五游咏》）

[战国]靳尚

你赢了……居然有仙药！不过好像不灵嘛！(○ㅍ◡ㅍ)没见你长命百岁。

[三国]曹植

楼上，在艰苦的环境中，我比甄宓晚死了十一年，比我哥晚死了十五年。✧(ㅍ◡ㅍ✿)

[三国]曹丕

我该带你走的！┻━┻︵╰(`□′)╯︵┻━┻

（意大利）但丁

俾德丽采也曾经带我游览天国，我有文字记录哦。

我举起我的眼睛；如同在早晨，
那地平线的东方的天空金光灿烂，
远远胜过太阳西斜的那一部分天空，
就像这样，我抬起眼来，仿佛从山谷
登上山顶，在最远的边缘，看到
一个境界，它的光辉超过了其余的山岭。

好像在人世，我们等待腓挨顿
不善于驾驶的日车出现的地方，
最为辉煌，而两边却逐渐暗淡；
那面红色王旗也像那样在中央
光芒四射，而在左右两旁，

以同等的程度减弱它的火焰。

在那中心的一点，我看到了
一千多个天使展开了翅膀在庆祝，
每个天使的光辉和艺术各不相同。
我在那里看到一位美丽的王后，
向他们的欢跃，向他们的歌唱微笑，
她使一切其他圣者的眼中露出喜悦。

若是我在诗的词藻上
像在诗的构思上一样的丰富，
我也不敢妄想绘出她喜悦的万一。

伯纳特看到了我的双眼渴切地
注视着他自己的光辉的源泉，
就把他的眼睛转向她，满怀着爱，
因此我更想再一次瞻仰王后的面容。

（《神曲·天堂》）

[战国]屈原

诗中这位王后是?

（意大利）但丁

她是圣母玛利亚，耶稣的母亲！想想看，一千多位天使哎！

朋友圈小助手

一千多位？！好想要天使羽毛枕头！(๑•̀ㅂ•́)و✧

（意大利）但丁

(lll¬ω¬)我可以托女神帮你找找……天使也是要掉毛的嘛。

[战国]靳尚

楼上，你的节操掉了……(￣。。￣)另外，“火焰旗”是神马？

（意大利）薄伽丘

火焰旗是天使加百列赐给古代法兰西的军旗，用这面旗子征伐，战无不胜，攻无不取。而在天上，它代表和平。

朋友圈小助手

好厉害的法宝，我也想要……–(•<>•)/––

（意大利）但丁

这个我真没办法，再见！(。∝_∝)/~~~

《诸神之战》剧情截图

图书在版编目(CIP)数据

但丁走进了屈原的朋友圈／蕤宾编著. —上海：上海古籍出版社，2015.7
(咖啡与茶)
ISBN 978-7-5325-7705-7

Ⅰ.①但… Ⅱ.①蕤… Ⅲ.①但丁,A.(1265～1321)—古典诗歌—诗歌研究②屈原(约前340～约前278)—古典诗歌—诗歌研究 Ⅳ.①I546.072②I207.22

中国版本图书馆CIP数据核字(2015)第151482号

咖啡与茶
但丁走进了屈原的朋友圈
蕤 宾 编著

上海世纪出版股份有限公司
上海古籍出版社 出版发行
(上海瑞金二路272号 邮政编码200020)
(1)网址：www.guji.com.cn
(2)E-mail：guji1@guji.com.cn
(3)易文网网址：www.ewen.co

发行经销 上海世纪出版股份有限公司发行中心
制版印刷 上海丽佳制版印刷有限公司
开本 889×1194 1/36
印张 4 插页 1 字数 100,000
印数 1-5,300
版次 2015年7月第1版
2015年7月第1次印刷
ISBN 978-7-5325-7705-7/G·616
定价 29.00元